COÏNCIDENCE/JEUNESSE
Mini-roman (7-10)

La société éditrice
COÏNCIDENCE/JEUNESSE
C.P. 143, Iberville (Québec), J2X 4J5
(514) 346-6958

est la propriété de
LES COMMUNICATIONS COÏNCIDENCE inc.

Directrice littéraire:
Annie Trévily

Les livres de Coïncidence/Jeunesse
sont distribués en librairie et dans les grandes surfaces
par DIFFUSION DU LIVRE MIRABEL.

Coïncidence/Jeunesse bénéficie du support financier du
ministère de la Culture du Québec et du ministère du
Patrimoine canadien.

Dépôt légal:
4e trimestre 1995
Bibliothèque Nationale du Québec
Bibliothèque Nationale du Canada
ISBN 2-89397-093-1

Chez

◖COÏNCIDENCE/JEUNESSE

dans la collection
Mini-roman (7-10)

(suite des titres à la page 5)

suite des titres de la collection
Mini-roman (7-10)

Également chez
COÏNCIDENCE/JEUNESSE

dans la collection
Préado

Julie Gobeil

LA SOEUR
DU PIANISTE

mini-roman

L'illustration de la couverture
ainsi que les illustrations intérieures
sont de Pierre Dagesse

COÏNCIDENCE/JEUNESSE
Mini-roman (7-10)

Prologue
Le génie musical

Tous les jours, quand mon frère Christophe rentre de l'école, c'est la même routine.

Il s'installe au piano et s'exerce pendant deux heures jusqu'au souper. Je fais mes devoirs en écoutant sa musique qui m'aide à me concentrer.

Il joue à merveille: en plus d'être talentueux, il s'impose de nombreuses heures de répétitions. À treize ans, il a déjà donné plusieurs concerts. Il a donc un avenir doré à sa portée.

Nos parents sont très fiers de lui.

Leurs yeux brillent dès que quelqu'un mentionne le nom de leur fils. Ils parlent volontiers de leur petit virtuose, aussi souvent que possible, et avec autant de gens que possible. Rien ne les arrête quand il est question de Christophe.

Je ne suis pas comme lui.

Je suis ordinaire, moi: ni artiste ni sportive. J'ai même un peu de difficulté dans mes travaux scolaires. Quand je lui en ai parlé, ma mère a tenté de me rassurer:

-Ne t'inquiète pas, Virginie. Tu n'as que dix ans, tu as le temps de découvrir tes habiletés.

Peut-être, mais Christophe, lui, il était déjà pianiste à mon âge.

Je l'ai toujours observé de loin.

Je voulais impressionner mes parents, moi aussi, mais j'ignorais comment y arriver. Cela m'obsédait tellement que j'avais demandé à mon amie Joanie de m'aider à trouver un moyen. En attendant, j'admirais les prodiges de mon frère...

1
La voilà,
ma chance!

Cet après-midi-là, encore, j'étais assise à la table de travail, tout près du piano. Je conjuguais des verbes irréguliers alors que Christophe reprenait la même mélodie pour la troisième fois.

Il était sérieux, contrairement à son habitude. À peine quatre heures plus tard, il devait participer à un concert, en compagnie d'autres musiciens de la région. Sur son visage, je lisais toute son anxiété, son stress, son trac.

Je ne comprenais pas d'où provenait son énervement. Ce n'était pourtant

pas la première fois qu'il se produisait en public!

Soudain, j'ai entendu la sonnerie du téléphone. J'ai couru pour agripper le combiné au plus vite, afin d'éviter de déranger mon frère. Il déteste les interruptions.

À l'autre bout du fil, Joanie s'est exclamée:

-Virginie! J'ai la solution à ton problème!

Qu'est-ce qu'elle pouvait bien avoir inventé, celle-là?

-Aimes-tu le ballet-jazz?

Le quoi? Je n'ai pas répondu immédiatement. J'en avais déjà entendu parler... Une sorte de danse... Qu'est-ce que cela avait à voir avec moi?

Sans que je pose ma question, Joanie l'a devinée:

-La voilà, ta chance d'attirer l'attention de tes parents! Je suis certaine que tu serais super bonne! Je m'inscris à des cours, tu devrais faire la même chose.

Danser. Je n'y avais jamais vraiment pensé. Cela pouvait être une bonne idée... Il fallait que j'y réfléchisse un peu avant de donner ma parole.

Je lui ai promis de la rappeler dès que je me serais décidée. Puis, j'ai raccroché et je suis retournée m'asseoir près de mon frère. Après une courte pause, Christophe a entamé une autre pièce de Mozart. Comme toujours, il l'exécutait à merveille.

J'étais totalement immobile, mais j'avais la nette impression de sentir mes membres bouger au son de sa musique.

Je me suis adossée au mur et j'ai fermé les yeux. Dans ma tête, je pouvais voir clairement, à la lumière des projecteurs, une foule de plusieurs centaines de personnes.

Dans cette rêverie, j'étais une ballerine célèbre. Je donnais un spectacle, et Christophe m'accompagnait au piano. Pour une fois, c'était moi que les gens regardaient. Lui, il restait dans l'ombre.

-À quoi penses-tu?

J'ai sursauté. Mon frère s'était retourné vers moi.

-On dirait que tu viens de rencontrer le prince charmant...

Constatant que je n'allais pas réagir, il a ajouté:

-Ou... peut-être que tu te fais sécher les dents?

Le large sourire qui éclairait mon visage s'est évaporé. J'ai reporté mon attention sur mes devoirs, sans penser plus longtemps au rêve dont j'avais été tirée.

Maman et papa sont arrivés peu après dix-sept heures. J'ai profité du repas pour leur parler des cours de ballet-jazz.

-Seriez-vous d'accord?

Ils se sont consultés pendant une demi-seconde, d'un regard.

-Bien sûr, ma puce, a répondu maman.

-Ne m'appelle pas comme ça!

Christophe a affiché son petit sourire en coin, celui que je connais trop bien. Il répète tout le temps que je suis bébé et que je mérite les surnoms que maman me donne.

Je ne suis ni un canard ni un poussin, et surtout pas une puce! Pas question de me laisser traiter de la sorte!

J'ai essayé d'ignorer l'attitude de mon frère. Impossible de lui clouer le bec. Il a réponse à tout.

Il ne s'est pas moqué de moi longtemps, son air angoissé est réapparu aussitôt.

Au moins, je savais que mes parents

ne s'opposaient pas aux cours de ballet-jazz. Si j'avais le goût de m'y inscrire, rien ne m'en empêcherait. Malgré cet avantage, je n'étais toujours pas certaine de vouloir m'embarquer là-dedans.

Nous nous sommes rendus à la polyvalente de la ville, où mon frère devait donner son spectacle. Dans la salle, tout le monde parlait de lui. Christophe est une espèce de célébrité, près de chez nous.

Quand il est entré en scène, et que les gens l'ont applaudi avant même qu'il commence à jouer, j'ai eu tout à coup envie d'être à sa place. J'éprouvais souvent cette tentation en l'écoutant mais, cette fois-ci, ce n'était pas pareil. Le sentiment était plus fort et il m'a fait prendre une importante décision.

J'allais devenir la meilleure danseuse de ballet-jazz du pays!

2
La leçon

La veille du premier cours, j'avais rempli mon sac à dos, y insérant tout l'attirail dont j'aurais possiblement besoin. Joanie m'avait dicté une liste d'articles qu'elle croyait indispensables. Je les possédais tous, sauf un: des chaussons de ballet! Je ne pouvais tout de même pas porter mes vieilles espadrilles pour danser!

Je suis allée en acheter, avec ma mère. En entrant dans le magasin, je me suis aussitôt mise à chercher une paire de chaussons rouges pour compléter mon uniforme écarlate. Ma grand-mère l'avait confectionné pour moi en trois jours seulement.

Quand j'ai trouvé ce que je voulais, maman n'a pas réagi tout à fait comme je l'espérais. Elle avait choisi le même modèle, mais noir, et tentait de me convaincre de changer d'idée. C'était peine perdue, je ne l'écoutais qu'à moitié. Je croyais fermement qu'un costume entièrement rouge me donnerait plus de confiance et, jusqu'à un certain point, me rendrait meilleure.

Je suis revenue à la réalité quand maman a monté le ton pour conclure:

-Bon... Puisque rien ne peut te persuader, tu peux prendre ce que tu veux!

En saisissant les chaussons rouges, je me suis exclamée:

-Merci, maman!

Le seul fait de les avoir en ma possession me rassurait. Aucun doute,

j'étais née pour danser!

*****

J'étais encore certaine d'être totalement invincible quand, vers huit heures dans la matinée du samedi, j'ai entendu une voiture entrer dans la cour. Je suis accourue à la fenêtre de la cuisine pour vérifier si c'était bien Joanie et son père.

À la vue de leur auto blanche, j'ai pris mon sac et je me suis précipitée dehors, après avoir embrassé mes parents. Monsieur Côté évitait de klaxonner pour laisser dormir les voisins; je ne voulais surtout pas qu'il soit obligé de m'attendre trop longtemps.

Une surprise de taille m'attendait. Dès que je me suis assise près d'elle, Joanie s'est empressée de me montrer sa nouvelle acquisition: une paire de chaussons rouges, identiques aux miens. Moi qui croyais être la seule à en avoir!

Ma déception a été d'assez courte

durée. Je me suis dit que je n'avais pas besoin de me cacher derrière une apparence spéciale pour être remarquée...

Les cours étaient donnés à la polyvalente. Nous avons dû traverser la salle où le concert de mon frère avait eu lieu, pour nous rendre au gymnase. Cette petite promenade n'a pu que renforcer ma décision. Bientôt, ce serait moi qu'on applaudirait!

Toujours accompagnées du père de Joanie, nous sommes entrées dans une immense pièce, au plafond très haut. Les miroirs qui tapissaient le mur du fond produisaient un effet spécial. Nous avions l'impression que la salle était deux fois plus grande.

Une dizaine de filles de notre âge étaient déjà arrivées. Je les connaissais presque toutes, car la plupart d'entre elles fréquentaient la même école que moi.

Avant d'aller les rejoindre, près des

miroirs, je me suis arrêtée devant une petite table. Une jeune femme, dont les vêtements moulants et la coiffure, des cheveux blonds tressés, indiquaient le statut de professeur, était assise derrière. Elle avait une feuille et un stylo à la main.

En s'adressant à moi, elle a demandé:

-Bonjour, quel est ton nom, ma belle?

J'ai répondu, poliment:

-Virginie Talon-Léger, madame.

-Ça, c'est un nom parfait pour une ballerine!

J'ai senti mon visage devenir rouge. Elle a ajouté:

-Tu peux m'appeler Lucie.

Mon amie s'est approchée à son tour. Jetant un rapide coup d'oeil sur sa feuille, Lucie a déclaré:

-Tu dois être Joanie Côté. Ton nom

est le dernier sur ma liste.

Jo a fait un signe affirmatif de la tête. Son père a échangé quelques mots avec Lucie et est parti. Il serait de retour deux heures plus tard, à la fin de notre cours.

Après une interminable séance d'é-chauffement, une musique entraî-nante a envahi le gymnase. J'étais parfaitement détendue et prête à pas-ser aux exercices principaux.

La consigne était simple: il suffisait d'observer les mouvements de Lucie, puis de les reproduire. Facile!

Bon, d'accord... Pas aussi facile que prévu.

Les pas exécutés par notre pro-fesseur étaient assez compliqués pour me dérouter. La majorité des partici-pantes -y compris Joanie- réussis-saient à s'en tirer de façon admirable. Malheureusement, j'étais des trois ou quatre élèves incapables de suivre le rythme.

Le moins que l'on puisse dire, c'est que je ne portais pas très bien mon nom à ce moment-là. J'étais assez loin d'avoir les talons légers. Même si je suis plutôt menue, mes pieds retombaient au sol dans un vacarme incroyable à chaque pas. Le bâtiment en tremblait sous mon poids!

Je sentais des yeux se poser sur moi, alors que mes joues s'empourpraient à nouveau. Lucie a diminué le volume du magnétophone. D'une voix douce, elle a annoncé que c'était l'heure de la pause. Difficile à croire, puisque la leçon venait tout juste de débuter, mais personne n'a osé protester.

Le petit groupe constitué des plus malchanceuses s'est éloigné discrètement dans un coin, suivi de Lucie. J'avais la mauvaise impression que tout le monde nous observait et se moquait de nous. Lucie a pris le temps de nous démontrer encore une fois tous les pas, jusqu'à ce que nous parvenions à les exécuter sans problème.

Ensuite, elle nous a invitées à rejoindre les autres. Le cours a continué comme s'il n'y avait jamais eu d'interruption. Je ne manifestais toujours pas le talent phénoménal auquel j'avais tant rêvé, mais j'arrivais à me débrouiller un peu mieux.

Quand Lucie a mis fin au cours, j'avais perdu une bonne partie de mes illusions. Toute ma belle assurance était disparue et je n'avais plus l'intention de consacrer ma vie à la danse.

En enfilant son manteau, Joanie s'est exclamée:

-Je te l'avais bien dit que ça serait super!

Elle n'avait pas cessé de sautiller, tout en fredonnant la mélodie sur laquelle nous venions de danser. J'ai baissé les yeux vers mon sac, où j'entassais mes affaires en vitesse.

-Je ne reviendrai pas, la semaine prochaine.

Mon orgueil était plus grand que mon courage. Je n'avais pas apprécié l'humiliation subie et, malgré la gentillesse et la patience de Lucie, je ne comptais pas renouveler l'expérience.

Joanie ne comprenait pas ce qui me poussait à déclarer une telle chose.

-Pourquoi?

Je n'ai pas osé lui révéler la vraie raison. C'était trop gênant.

-Je n'ai pas aimé le cours, c'est tout!

Ma réponse ne l'a aucunement convaincue. Je n'ai jamais su comment mentir. Pour toute réplique, elle a soupiré:

-Vraiment?

Je l'ai suppliée intérieurement de ne pas insister, et elle a capté le message. Nous n'avons plus prononcé un seul mot jusqu'au retour de son père.

Dans la voiture, j'ai laissé Joanie tout lui raconter, sans mêler ma voix au récit. Je l'enviais presque autant que mon frère, parce qu'elle aussi avait réussi à accomplir quelque chose dont j'étais incapable.

3
Le dilemme

En entrant dans la maison, je suis montée directement à ma chambre. La porte s'est refermée derrière moi. Je ne voulais voir personne. Surtout pas Christophe.

Comme toujours, sa musique me parvenait dans toute sa splendeur. Je rageais contre lui, même si je savais que je n'en avais pas le droit: il n'avait rien fait de mal.

Pourtant, c'était plus fort que moi.

Je me suis jetée sur mon lit, enfouissant par la suite mon visage dans l'oreiller. Les cris qui se bousculaient

dans ma gorge ont été étouffés ainsi, de manière à ne pas être entendus par mes parents et mon frère.

Bientôt, je me suis tranquillisée assez pour me coucher sur le dos, le regard fixé au plafond. Mes yeux brûlaient, et j'ai senti des larmes couler lentement sur mes joues. J'ai pleuré pendant plusieurs longues minutes, jusqu'à ce que la répétition de Christophe se termine.

Assise sur le bout de mon lit, j'ai pris mon sac, que j'avais laissé tomber sur le plancher. Je l'ai ouvert afin d'en sortir mes chaussons rouges et mon uniforme. Je les ai lancés dans un coin de la pièce. Plus jamais je n'allais les porter. Plus jamais!

Après m'être levée, j'ai marché jusqu'à la fenêtre. D'un geste machinal, j'ai tiré les rideaux. Toute la lumière est disparue. Je me suis retrouvée dans le noir total.

L'obscurité et le calme ont séché

mes larmes. Peu à peu, j'ai réuni la force et le courage nécessaires pour annoncer la nouvelle à mes parents.

Ils étaient sur la galerie, occupés à ne rien faire, pour la première fois depuis des semaines. Ils discutaient doucement, en profitant de la belle température printanière. Les samedis sont habituellement plus agités.

Je n'ai pas dérangé leur conversation, me contentant d'attendre qu'on m'adresse la parole.

-Ça s'est bien passé? m'a finalement demandé maman.

Elle a interprété mon silence comme une réponse affirmative. J'hésitais à lui parler de tout ce qui me trottait dans la tête. Papa ne m'a pas donné la chance de l'exprimer:

-Tant mieux, au prix qu'il a fallu payer pour l'inscription...

Cette remarque m'a laissée de glace. Je n'osais plus bouger. Avais-je le droit de les décevoir, en plus de leur faire perdre de l'argent? Je n'en étais plus certaine.

Comme pour me sauver de cette situation inconfortable, Christophe a crié:

-Virginie! Téléphone!

Je suis rentrée en courant. Il tendait le combiné en ma direction.

-C'est Joanie. Il paraît que tu penses déjà à abandonner la danse?

Je lui ai arraché l'appareil de la main. Son petit sourire agaçant était de retour. Je lui ai tourné le dos.

-Joanie?

Nous avions passé une bonne partie de l'avant-midi ensemble mais, apparemment, elle avait encore quelque chose à me raconter.

-Qu'est-ce que je peux te dire pour te convaincre de ne pas tout lâcher?

-Rien!

Elle a mal accueilli ma réplique. J'ai changé de ton pour compléter l'expression de ma pensée.

-Je préférerais que tu ne te mêles pas de ça, Jo. Je vais y réfléchir.

-J'ai l'impression que tu ne m'as pas dit la vérité, tout à l'heure...

Exaspérée, je n'ai pas pu inventer de mensonge pour la tromper. La vraie raison m'a semblé être la meilleure porte de sortie:

-C'est évident, voyons! Je ne suis pas faite pour le ballet!

-Tu n'es pas si mauvaise que ça...

-N'essaie pas de me remonter le moral, Joanie. Tu n'en serais pas capable.

Elle a décidé de se taire. Elle devait s'être rendu compte que je n'étais pas d'humeur à l'écouter.

Je me sentais un peu coupable. Les intentions de Joanie témoignaient de sa bonne volonté. Et plutôt que de la remercier, je refusais son aide. Tu parles d'une meilleure amie!

Mon problème n'était toujours pas réglé.

Je retournais à ma chambre quand quelques notes ont retenti. J'ai haussé les épaules, pensant que Christophe avait décidé de prolonger la durée de sa répétition.

En passant près du salon, j'ai reconnu la mélodie. Je suis restée immobile dans le corridor pour l'entendre au complet. Mon frère, s'apercevant de ma présence, m'a demandé:

-T'en rappelles-tu?

Si je m'en souvenais! Je l'avais entendue des centaines de fois. Au début de ses cours de piano, Christophe la jouait sans cesse. Pas très bien, d'ailleurs. Il n'arrivait pas à enchaîner les accords correctement.

-C'est la plus simple des harmonies mais, pourtant, j'ai mis des mois à l'apprendre.

43

Il avait lancé cette phrase-là dans le vide, sans s'attendre à recevoir une réponse en bonne et due forme.

-Ce n'était pas facile, Virginie, mais j'ai persévéré.

Sa voix n'était pas moralisatrice. Il me lançait un défi, purement et simplement.

J'en suis aussitôt revenue à mon idée de départ. Je deviendrais ballerine, même si je devais y passer des années et m'épuiser à la tâche!

4
Les heureux changements

Une fois par semaine, pendant quatre longs mois, je me suis rendue sans rechigner à mes cours de ballet-jazz. Contre toute attente, je commençais à m'y plaire.

En trois semaines, j'avais réussi à me tailler une place parmi les meilleures élèves de mon groupe. Comme par magie, mes pieds retombaient avec plus de grâce, mon corps semblait un peu moins lourd. Je contrôlais mieux mes mouvements et j'arrivais enfin à garder le rythme.

Je m'amusais presque, par un de ces

samedis-là, quand Lucie a annoncé à la classe:

-J'ai un projet à vous proposer, les filles!

Je ne savais vraiment pas à quoi m'attendre. Elle a poursuivi:

-Nous allons organiser un spectacle pour souligner la fin de nos cours!

Personne n'a réagi. L'enthousiasme de notre professeur n'en a pas souffert. Elle a ajouté, d'un ton enjoué:

-Ne vous en faites pas, je suis certaine que vous en êtes capables!

Le groupe s'est soudainement animé. Diverses remarques ont fusé de tous les côtés. Nous nous sommes immédiatement mises au travail. Lucie avait déjà tout planifié; nous n'avions qu'à suivre ses instructions et à apprendre les chorégraphies. Mais nous ne disposions que d'un mois pour y parvenir.

En plus des samedis, les dimanches

ont commencé à y passer.

Au début, nous devions être plutôt drôles à voir. Exécuter les pas dans le bon ordre et sans en oublier un seul était difficile.

L'énergie de Lucie ne s'est jamais dissipée. Elle croyait tellement en notre talent que nous ne pouvions pas en douter nous-mêmes. Les gens comme Lucie sont rassurants et motivants. Ils sont évidemment très peu nombreux. Leur présence est précieuse; il faut savoir en profiter.

Ses encouragements facilitaient notre tâche. J'avais l'impression de ne plus fournir de véritables efforts. À ce moment-là, je ne songeais plus à mon frère ni à son piano. J'avais complètement oublié le défi que Christophe m'avait lancé.

Des préoccupations plus importantes encombraient mon esprit. Synchroniser mes pas à ceux des autres, ne pas laisser tomber le groupe, faire

de mon mieux; telles étaient mes seules pensées. J'étais membre d'une équipe et je tenais à prouver que j'y méritais une place.

Les conséquences de ma nouvelle discipline sur ma vie en général étaient encourageantes. Tout devenait plus facile pour moi: l'école, la maison, mon frère. Je me sentais enfin utile et appréciée. Puisque je ne considérais plus Christophe comme mon ennemi, je pouvais lui parler.

Ma vision des choses se transformait. Je ne pleurais plus pour des riens. J'avais appris à maîtriser mes sautes d'humeur. Quelques mots ont suffi à maman pour résumer la situation à sa façon:

-Tu vieillis, Virginie.

Je savais bien qu'elle avait raison. Pour preuve de sa sincérité, elle ne m'a affublée d'aucun surnom emprunté à un animal de ferme. Ça, c'était une évolution que j'attendais

depuis des années... Mieux vaut tard
que jamais!

5
L'épreuve

Jusqu'au jour du spectacle, je n'ai ressenti que peu de nervosité.

Au moment de monter sur scène, cependant, ma gorge s'est nouée. Mes pieds se sont soudés au sol. Derrière le rideau noir, j'entendais plusieurs voix entremêlées. Parmi elles, je ne pouvais distinguer celles de mes parents et de mon frère. Ils étaient présents, pourtant. Rien ne les aurait empêchés d'assister à la représentation.

Lorsque la lumière aveuglante des projecteurs s'est arrêtée sur moi, en même temps qu'une pièce musicale que je connaissais par coeur débutait, j'ai oublié mon angoisse. La corde invisible qui me liait les jambes et les bras est disparue. La suite de pas s'est enchaînée machinalement, sans que j'aie à y penser.

Ce n'est qu'à la toute fin de notre première danse que j'ai aperçu, dans la cinquième ou sixième rangée de chaises, toute ma famille. J'ai savouré l'instant magique où mes yeux ont rencontré ceux de Christophe. Perdu dans la foule, il n'attirait l'attention de personne.

Il était assis à ma place habituelle, entre papa et maman. Il devait enfin comprendre ce que j'éprouvais moi-même en le regardant de ce siège.

Les quarante-cinq minutes du spectacle se sont envolées trop vite. Aucune élève n'a commis d'erreur grave ni n'est tombée à plat ventre sur la scène. Nous nous sommes toutes bien amusées.

À ma sortie des coulisses, Christophe m'attendait, une rose à la main. Il me l'a tendue, un sourire accroché aux lèvres. Il s'est approché de moi pour murmurer à mon oreille:

-Maintenant, tu sais ce qui se passe dans ma tête quand je donne un récital. La peur de décevoir maman et papa, je veux dire.

Il s'est éloigné de moi avant que je puisse réagir.

Sur le chemin du retour, mes parents n'en finissaient plus de me féliciter. L'esprit ailleurs, je ne les écoutais pas vraiment. Je réfléchissais plutôt à ce que mon frère venait de me chuchoter.

Je n'avais jamais envisagé la situation sous cet angle-là.

Pas une seule fois, je n'avais douté du bonheur de Christophe. J'étais certaine que, depuis le temps, il n'avait plus aucune crainte. Il n'avait

pas de raison d'avoir peur, nos parents le considérant comme un génie. Même s'il devenait mauvais tout à coup, ils ne s'en rendraient pas compte.

En arrivant à la maison, j'ai suivi Christophe jusqu'au salon. Bien sûr, il s'est installé au piano.

Nous avons parlé pendant une heure sans que maman ne nous ordonne d'aller dormir. J'ai beaucoup appris en discutant avec mon frère. Ses gestes étaient pourtant plus révélateurs que ses paroles.

Chaque mot qu'il prononçait était ponctué d'une note choisie au hasard sur le clavier. Ses doigts passaient d'une touche à l'autre sans arrêt.

C'est son comportement qui m'a indiqué l'importante différence entre les cours de piano de Christophe et mes propres cours de ballet-jazz: la danse n'est pour moi qu'un loisir, une activité parmi tant d'autres. Je peux cesser d'y penser n'importe quand;

pour lui, la musique est un mode de vie. Elle l'accompagne à tout moment.

Épilogue
La vie continue

J'ai abandonné le ballet-jazz. J'inventerai bien autre chose pour le remplacer. Les possibilités sont nombreuses.

En attendant, je fais toujours mes devoirs au son du piano de mon grand frère. À l'école, mes notes s'améliorent encore. Soudainement, les cours semblent moins difficiles, les travaux, moins compliqués, les explications, plus claires.

Je crois qu'une petite phrase, répétée trois fois, est à l'origine de ce changement. Ma mère l'a dite en

premier, juste après ma sortie de scène. Puis, mon père, en rentrant à la maison ce soir-là. Ensuite, Christophe, alors que j'allais monter à ma chambre:

-Je suis très fier de toi, Virginie.

Mis bout à bout, les sept plus beaux mots de la langue française! J'avais besoin de les entendre. Ils m'ont donné une sorte de confiance nouvelle en moi-même.

J'ai tout de suite su que je n'étais pas obligée de devenir la meilleure ballerine de la planète pour être appréciée. Je n'ai pas besoin de toujours être en compétition contre quelqu'un, non plus.

Je n'ai tout simplement qu'à faire de mon mieux.

Imprimé en octobre 1995 sur les presses de
IMPRIMERIE H.L.N. inc.
2605, Hertel, Sherbrooke (Québec) J1J 2J4